FIABE NERE

DANIELA BARISONE

Fiabe Nere
Daniela Barisone

Copyright © 2023 by Lux Lab
luxlabbooks.com
Seconda edizione - Novembre 2023
ISBN paperback: 9791281525054

IL GINEPRO

Mia madre mi ammazzò.
Mio padre mi mangiò.
Mia sorella Milena le mie ossa tutte
   raduna.
Nella seta le ha legate,
sotto il ginepro le ha celate.

La teiera borbotta senza pace sulla stufa, l'acqua ribolle al suo interno producendo suoni sordi che però rimbombano nella stanza. Piccole volute di vapore bianco escono dal beccuccio, sembrano fantasmi nella penombra delle cinque del pomeriggio. Oggi la sera è arrivata prima e mi fa sempre più paura.

Sono entrata in punta di piedi, la stanza era deserta e immediatamente uno stato d'ansia mi ha assalita. Cammino piano, come se dovessi passeggiare su dei gusci di uova rotte e non dovessi fare il minimo rumore, ma la realtà è che qualcosa mi fissa e io non so cosa, perché la cucina è vuota. Ci sono solo io.

Ci sono solo io e l'unica cosa razionale che riesco a pensare è che devo nascondermi a tutti i costi, così mi accuccio sotto a un tavolinetto basso posto vicino alla credenza. Qui nessuno mi troverà.

Qualcosa si muove sopra la mia testa, lo sento nelle ossa. Qualunque cosa sia si muove sulle mensole e mi rendo conto che non è uno solo, sono più di uno. Spiriti.

Quei fantasmi mi guardano, vagano fra i barattoli impolverati di marmellata e fanno un giro fra quelli delle spezie. Sembrano voltarsi verso di me e deridermi, provocando in me la paura di essere scoperta dalla governante e tirata fuori di peso dal mio nascondiglio. Però l'aroma dei biscotti infornati era troppo forte per resistervi.

Non sono mai scesa in cucina. Non dovrei essere qui per nessuna ragione al mondo. Continuò a ripetermelo come un mantra mentre mi stringo le ginocchia al petto e ci strofino sopra il naso. Le trecce mi cadono davanti e so di assomigliare sempre di più a una bambola di pezza con le ginocchia sbucciate; ho giocato nel giardino che costeggia il cimitero di famiglia. Un taglio me lo sono fatto giocando su una tomba.

Otto tentacoli viscidi e un po' grassocci scivolano sul pavimento in pietra della stanza, appartengono proprio alla signorina Rottingale, governante, mai stata sposata ma con una grande conoscenza del mondo infantile e una sottile predisposizione a usare il frustino sui piccoli abitanti delle case in cui lavorava e questa non sfugge certo alla regola. Ho avuto più volte modo di assaggiare sulle mani e sulle natiche le sferzate punitive con la quale mi impone di rigare dritto.

La odio.

La ascolto mentre sussurra a una cameriera qualcosa in merito alla "notte dei morti", che si terrà proprio questa sera. Ha sentito dire giù in paese che quei nuovi signori provenienti dall'America, quelli che si sono sistemati nella decrepita tenuta dei vecchi Reeds, morti da un paio d'anni senza eredi, abbiano circondato lo steccato di enormi zucche intagliate con facce orrende. Secondo la cameriera sono tutte mostruosità e stregonerie, ma la signorina Rottingale ribatte che alcune voci dicano che tengano lontano i morti, anche se sono orribili. Lo dice con quell'aria arcigna e saccente, mentre i tentacoli che spuntano da sotto la gonna fremono mentre pensa chissà cosa. Proprio lei che è una mutante parla di orrori?

Io le ho viste quelle zucche, gli occhi cattivi ti scrutano da distante, mentre dalle bocche ghignanti ti aspetti che spunti fuori un fantasma e che ti passi attraverso. Anche in quel caso non sarei dovuta essere lì, ma l'arancione vivido mi aveva attirata come una falena alla luce.

La governante si domanda se non sia il caso di far intagliare qualche zucca anche per noi, ma la serva sembra più terrorizzata alla sola idea, si fa il segno della croce e la Rottingale la rispedisce ai suoi doveri. La donna fugge afferrando un vassoio e risalendo le scale in tutta fretta. Sono più che certa che quando parlava di mostruosità si riferiva proprio alla signorina Rottingale e alle sue oscene estremità viscide e mollicce.

A questo punto dovrei uscire, ma qualcosa, una mano fredda e impalpabile, si posa su uno delle mie braccia e stringe, e una voce mi sussurra all'orecchio "Stasera."

Urlo spaventata e rotolo fuori dal mio nascondiglio, proprio davanti ai viscidi, grassi e disgustosi tentacoli della donna che detesto e che non vede l'ora di trovare qualcosa per cui punirmi.

Un ghigno si dipinge sul suo volto pallido e il frustino rotea rapido nella sua mano. Non posso nemmeno giustificarmi e dire che c'era qualcosa là dietro con me, perché so già che con me non c'era nessuno.

Lo sapevo che non sarei dovuta scendere in cucina.

La sera dei morti ci si veste tutti di nero, ci si siede tutti insieme nel salottino giallo di mia madre e sempre tutti insieme si prega. Si intonano rosari e altre stupidaggini in memoria del mio povero fratello Charles, morto quando io avevo sei anni o poco più. È una pratica che disprezzo. So bene che tutto questo non serve a nulla, ma a quanto pare alla mia allegra famiglia piace pensare che riunirci qui a biascicare parole vuote possa essere di qualche conforto a mio fratello Charles. Probabilmente se ne fregherebbe altamente se fosse vivo.

> *Ave Maria, gratia plena,*
> *Dominus tecum,*
> *benedicta tu in mulieribus,*
> *et benedictus fructus ventris tui, Iesus.*
> *Sancta Maria, mater Dei,*
> *ora pro nobis peccatoribus, nunc et in*
> *hora mortis nostrae.*
> *Amen.*

Alzo lo sguardo verso mia sorella Milena, sempre più pallida e smunta sotto il velo di pizzo nerastro e impolverato che le ricopre il viso allungato, ogni volta mi ricorda quello di un cavallo. Tutto di lei sembra polveroso e vecchio, la sua sola presenza è *stantia*.

È talmente brutta che nessuno la vuole in sposa, nemmeno i soldi di mio padre riescono a fare gola a qualche nobiluomo. Chiunque andrebbe bene, ma a chiunque non andrebbe bene la brutta faccia di Milena e il suo apparato meccanico, reso necessario dopo un incidente avvenuto subito dopo la morte di Charles. Inoltre è di pessimo carattere, dicono, così riservata, sembra quasi nasconda sempre qualcosa.

Le dita di mia madre *artigliano* senza pietà alcuna la pelle di uno dei miei fianchi, riportandomi alla realtà: non si fissano in faccia le persone con insistenza.

Educazione e disciplina, innanzi tutto.

Mamma è sempre stata molto decisa su questo punto, non desidera certo che le sue dolci figliole crescano come cani randagi, nossignore, non se ne parla. Visto che la Madre Natura è stata inclemente sul suo aspetto fisico e quello della sua progenie, quanto meno sarebbe utile che sia io che Milena diventassimo abbastanza compite e rigorose da aspirare a un qualche ruolo di governante presso facoltosi signorotti in città, ma sono sicura che se potesse ci ammazzerebbe entrambe. Ha le dita come aculei, nostra madre, potrebbero strappare tranquillamente le carni di un uomo e ucciderlo.

Un altro pizzicotto riporta il mio sguardo sul rosario che stringo inutilmente fra le mani, continuando a pronunciare parole incomprensibili per un fratello che ho tanto amato, ma che francamente non sentirebbe la necessità di tutto questo. Le sfere di legno del monile mi scivolano fra le dita, ne conto una alla volta mentre le parole untuose dell'Ave Maria si fanno spazio nella stanza e mi fanno mancare il fiato.

Ave Maria, gratia plena,
Dominus tecum,
benedicta tu in mulieribus,
et benedictus fructus ventris tui, Iesus.
Sancta Maria, mater Dei,
ora pro nobis peccatoribus, nunc et in
hora mortis nostrae.
Amen.

Non resisto molto e la mia attenzione questa volta è tutta per mio padre: il suo sguardo vacuo mi ha sempre ricordato i suini che grufolano nel cortile dietro alla casa. Stessa espressione, stesso aspetto, stesso modo di entrare nelle stanze, stesso modo di *mangiare*.

Non è mai stato un uomo caloroso o espansivo, nossignore. Passa la maggior parte del tempo ad andare avanti e indietro dalla città e quando è qui per la maggior parte del tempo è ubriaco. Dev'essere senz'altro la presenza di mia madre. Ora posso sentire la puzza del suo fiato fino a qui; mi dà il voltastomaco.

Li odio tutti.

Finite le preghiere dovremmo raccogliere elegantemente le nostre nere vesti e ritirarci per la notte, ma sento l'impellente necessità di dire qualcosa. Sarà forse che il viso di Charles, perfettamente riprodotto su un disco di porcellana messo sopra al tavolino al centro della sala, mi fissa e ride di me. Ride, lo giuro! Perché nessuno lo vede?

È lì, con le spalle scosse dall'ilarità e il suo sorriso è crudele e rassicurante al tempo stesso. Mi dà l'impulso di ridere con lui, ma non devo, non posso.

Ave Maria, gratia plena,
Dominus tecum,
benedicta tu in mulieribus,
et benedictus fructus ventris tui, Iesus.
Sancta Maria, mater Dei,
ora pro nobis peccatoribus, nunc et in
hora mortis nostrae.

Amen.

"E se andassimo a trovare Charles?" mi scappa dalle labbra e mi copro la bocca con entrambe le mani. Ho gli occhi sgranati da una misteriosa angoscia.

Si voltano su di me come se avessi pronunciato una bestemmia al contrario, ma stranamente sono tutti d'accordo.

Ma perché nessuno lo vede?

La tomba di mio fratello si trova in un angolo appartato del cimitero di famiglia. Il buio e la fioca fiamma della lanterna portata da mio padre non aiutano la vista, ma è impossibile non notare la lastra di pietra sulla quale è abbarbicata una pianta di ginepro. Le tre ombre mostruose che si allungano su di essa, ricoprendo la mia, si mischiano fin troppo bene con il resto della notte.

Sono i miei genitori e mia sorella, lo so.

Per questo mi fanno paura, mentre inserisco la chiave nella porta di vetro nella tomba di famiglia e vedo riflesso il rosso accecante dei loro occhi.

Ho sempre sospettato che ci fosse qualcosa di strano in loro, qualcosa di oscuro.

Un brivido freddo mi percorre la schiena ed esito nel girare la chiave nella toppa. Riesco ad avvertire il respiro pesante e agitato di Milena alle mie spalle, so che ha paura, me la sento nelle ossa fino al midollo.

Le mie dita indugiano ancora sul metallo della chiave, sto sudando. Alzo di nuovo lo sguardo e gli occhi rossi come le fiamme dei miei genitori sono improvvisamente spariti, come se me li fossi solo immaginati. Può essere?

"Sbrigati!" sibila mia sorella Milena, artigliandomi un braccio con le sue dita secche e uncinate, simili alle zampe di un corvo o di un rapace. Mani sgraziate le sue, prive di qualsiasi eleganza o talento, che si tratti di dipingere acquerelli o suonare il pianoforte o persino ricamare. Le sue dita sono sempre piene di sangue dopo che ha preso in mano il tombolo.

Abbasso lo sguardo su quell'artiglio che si flette e si chiude con forza sul mio polso e a quel punto sono obbligata a girare la chiave e lasciare che la porta si apra.

Il battente cigola sinistro sui cardini non oliati. Mi limito a dargli un colpetto con la punta di un piede per far sì che si apra da solo e sbatta con fragore contro il muro della cripta. Solo a quel punto Milena sussulta e mi lascia andare, quasi scottassi o fossi infetta.

Faccio qualche passo avanti nella cripta e mi ritrovo circondata dalle lapidi dei miei antenati, i cui ritratti di porcellana sembrano fissarmi con astio e disapprovazione. Sono quello che avrebbero voluto che fossi? O non sono altro che un tragico scherzo della natura?

Distolgo lo sguardo, infastidita. Mi sento osservata e per ingannare questa sensazione mi avvicino alla tomba più recente, quella di mio fratello. Charles. Nonostante qui dentro ci sia solo marmo e pietra, dei ciuffi d'erba spuntano dalle crepe e mi inginocchio per strapparli via.

Nel frattempo Milena inizia a borbottare ad alta voce qualche preghiera. Il tempo di darle un'occhiata di sfuggita e fra le sue mani appare il rosario che aveva usato in casa, insieme a un lungo nastro rosso.

Rosso.

Rosso come la luce negli occhi dei miei genitori.

Sai Charles, non avrei mai pensato che tu fossi un tipo che amasse la compagnia, mi sei sempre sembrato un ragazzo silenzioso e amante della lettura. Non saprei definirlo con precisione, visto che sei morto quando avevo solo sei anni, ma mi sei sempre piaciuto.

Come dici? La solitudine è pesante? Lo so, lo so bene.

So anche che la morte è abbastanza indolore, se non stai troppo a pensarci. Mamma ci ha messo poco a dilaniarmi con le sue unghie appuntite, papà ci ha messo ancora meno a strapparmi le carni dal corpo e mangiarmi con ingordigia. Mi dispiace per Milena, che ha dovuto nascondere tutto il loro brutto lavoro, non è mai bello dover essere al servigio di tali demoni. Diavoli mostruosi che si nascondono sotto gli abiti eleganti di nobiluomini di campagna.

Sai Charles, Miss Rottingale aveva ragione a voler mettere delle zucche intagliate vicino al nostro steccato, tengono lontani i mostri. Invece ora le nostre ossa sono legate da nastri di seta e seppellite sotto terra, ma non si è mai detto che le zucche tengano lontane noi fantasmi.

Povera Milena, non sa che incubi l'aspettano.

Oggi è la notte dei Morti. Moriranno *tutti*.

LIZZIE

Quaranta colpi di ascia prima di andare a dormire.

Lizzie Borden took an axe,
Hit her father forty whacks.
When she saw what she had done,
She hit her mother forty-one

Pesa. Le mie fragili dita si chiudono intorno al manico di legno usurato, ma vengo sbilanciata in avanti dal pesante pezzo di metallo tagliente che lo rende un'arma crudele. Così come i vecchi spac-

cavano la legna nei boschi con questo strumento, io farò
lo stesso con le loro ossa marce. Devo farcela, anche se
quest'ascia pesa così tanto da farmi male ai muscoli delle
braccia.

Dal capanno del cortile attraverso aiuole in cui i fiori
si sono seccati sotto la forza del sole di agosto. Un'estate
insolitamente bollente per essere in Inghilterra, dicono
giù in paese, ma per me non fa differenza. Ho sempre
freddo. Scricchiolano i resti vegetali sotto le mie suole di
scarpe di vernice vecchia e crepata, ereditate da una
sorella più grande scomparsa nel nulla diversi anni fa.

La porta di legno graffiato si staglia contro la
veranda. Le vecchie assi gemono dolorosamente sotto il
peso dei miei passi. Dentro casa mi domando ancora
una volta se ciò che sto per fare è giusto, ma non è più
tempo per i ripensamenti, non ci sono più attimi
preziosi del presente sprecati per ricordare un orrido
passato.

Devo ucciderli.

Devo ucciderli perché non c'è giustificazione, non c'è
scusante alla loro esistenza scialba e piatta. Nei miei
sogni, di notte, vivo una vita diversa, una vita dove sono
felice e i miei genitori non solo mi amano, ma risplen-
dono di vitalità. Invece quando mi sveglio mi ritrovo
nella realtà della mia esistenza, dove mio padre vegeta su
una poltrona urlando a chiunque gli si pari davanti e

mia madre lo asseconda con reverenza e crudele odio nei miei confronti.

«Lizzie, Lizzie. Per colpa tua non ho più un lavoro. Avrei dovuto cavarti fuori dal mio grembo con una gruccia» soleva dirvi quando era particolarmente di buon'umore.

Entro nel salotto, so che lo troverò lì, addormentato sulla poltrona e il giradischi impolverato fermo da ormai chissà quanto. Per terra bottiglie di vino costellano il pavimento e devo evitarle, una a una, come un percorso a ostacoli.

Quando gli giungo di fronte vedo solo una cosa, un ricordo terribile di azioni compiute per suo volere, con mamma che osservava disgustata e compiaciuta.

Strizzo gli occhi per scacciarlo e le dita si flettono intorno al manico dell'ascia. Non si accorgerà di niente, talmente è ubriaco. Sollevo l'arma sopra la testa, le braccia tremano e dolgono, ma non esitano. Con tutta la mia forza calo il colpo. Il cranio si spacca a metà e succede qualcosa che non avrei mai immaginato: l'ascia si incastra. Papà emette un gemito flebile, la vita lo sta abbandonando per sempre. Puntello il piede sulla poltrona e tiro l'ascia con tutte le mie forze e, quando finalmente la libero, carico di nuovo. Due, tre, quattro... trentanove, QUARANTA.

Quando decido di smettere faccio un passo indietro

e osservo la mia opera. Di mio padre non è rimasto niente, al suo posto c'è solo un'ondata di sangue che ha ricoperto i muri sino al soffitto.

Mi asciugo la fronte, soddisfatta, finché non sento il cigolare della porta sul retro, in cucina. Mamma è tornata.

Per lei quaranta colpi non sono abbastanza, gliene do quarantuno. Alla fine neppure di lei è rimasto molto, ma va bene così, non che mi aspettassi di meglio. Non sono nemmeno rimasta a guardare i loro sguardi stupiti, perché non me ne hanno dato il tempo. Io non gliene ho dato.

Sorrido e lascio cadere l'ascia sul pavimento nel corridoio e mi tolgo il vestito lercio di sangue. Mi lavo nella bacinella d'acqua in camera mia, rimuovo ogni segno. Indosso un abito nuovo. Sono di nuovo perfetta, sono una nuova Lizzie, ma il rumore di un'auto mi fa spaventare. Nessuno viene mai a trovarci da quelle parti, chi diavolo potrebbe mai essere?

Corro fuori, incontro al mezzo, identico a quello ormai arrugginito nel capanno che i miei avevano parecchi anni fa. La macchina si ferma in mezzo al cortile e da essa scendono, armati di bei vestiti e sorrisi caldi pieni d'amore.

«Lizzie, sei pronta?» mi chiede papà, avvicinandosi e

dandomi un abbraccio che in vita mia non ho mai ricevuto.

«Chi siete voi?» chiedo, confusa. Ho ucciso i miei genitori a colpi di accetta non più di un'ora fa.

Mia madre sorride. «Sveglia, Lizzie. Torna alla realtà».

SNOW WHITE

Oh that man...

Ho sentito tante storie su come il principe salva la principessa. È ora di cambiare il finale.

La chiamavano "*Snow White*" ed era la droga dello sballo. Simile alla cocaina, si assumeva strofinandosela sotto la lingua o mischiata nel cibo che, a quanto si diceva, era in grado di amplificare l'effetto caleidoscopico che procurava.

Rose non voleva prenderla. Davvero, non voleva. Il post white, o come diavolo lo chiamavano, era la parte peggiore e si chiedeva se valeva davvero la pena di soffrire come un cane per le dodici ore successive allo smaltimento.

Non voleva prenderla, eppure se ne stava lì, di fronte allo specchio crepato della discoteca "Silver Wood" a rigirarsi la bustina fra le dita. Gliel'aveva data Hunter, uno dei figli di puttana che lavoravano per la matrigna di Rose – se lo era scopato un paio di volte – e le era sembrato un tipo serio, fino a che non l'aveva spinta in uno degli squallidi cessi di quel posto. Non che la cosa fosse insolita. Era la droga a esserlo.

Rimase a fissare il sacchettino trasparente pieno di cristalli bianchi come la neve. Una dose di quella merda e si sarebbe sentita come la regina dell'universo. Non che ne avesse bisogno. Rose era abbastanza sicura di sé da sentirsi già una figa da paura, ma l'idea di tornare sulla pista e di subire gli attacchi sessuali di Hunter la schifava. Non poteva certo farsi scopare ancora da sobria da quell'idiota.

Inoltre c'era il problema della sua matrigna: la bastarda, da quando era morto suo padre, aveva fatto di tutto per estromettere Rose dall'eredità e, quando non ci era riuscita, l'aveva denunciata alla polizia per qualcosa che non aveva fatto: uccidere il padre.

Hunter era arrivato a pararle il culo come un cavaliere dalla scintillante armatura, portandola via prima che la polizia arrivasse e la rinchiudesse in galera, trasformandola in una fuggiasca e da lì a poco in una drogata.

Fanculo a tutto.

Aprì il sacchettino e pizzicò la polvere con le dita perfettamente smaltate e se le cacciò in bocca, leccandosele con gusto. Il tempo di rimettersi *Snow White* in tasca e subito il mondo prese un altro colore, un altro sapore e, soprattutto, le sembrava di non essere più in una delle discoteche più squallide dell'intera New York.

Barcollando sui tacchi altissimi, uscì dal lurido cesso e si incamminò per il corridoio che l'avrebbe riportata alla pista da ballo. Lì beccò Hunter, seduto a uno dei divanetti, che limonava con passione una bionda insipida e con la mano libera si intrufolava tra le cosce dell'amica di lei.

Rose non provò disgusto o gelosia, la droga glielo impediva. Rimase imbambolata un paio di istanti, prima di buttarsi nella mischia danzante e mescolandosi ad altri corpi sudati e strafatti di *Snow White*.

Quando uscì dal locale, Rose non aveva la più pallida idea di cosa le stesse accadendo. La testa le girava come una trottola, ma l'effetto eccitante della droga era ancora in circolo, permettendole di arrancare fino alla macchina.

Hunter pareva essere sparito insieme alle due bionde, probabilmente preferendo la compagnia di due troie mezze lesbiche a una scopata con una strafatta figlia del suo capo. Con un gemito, Rose rovistò nella pochette sdrucida che teneva attaccata al polso e, con non poca fatica, trovò finalmente le chiavi della macchina. Le ci vollero ben più di un paio di tentativi prima di capire in quale delle dieci toppe che le ballavano davanti agli occhi dovesse infilare la chiave, con il risultato di rigare completamente l'area intorno alla maniglia della portiera.

Stava per aprire, quando una mano le tappò la bocca e la trascinò all'indietro, ma Rose era troppo fatta e i sensi rallentati al punto di non riuscire a emettere che un gorgoglio strozzato. Riuscì a piegare la testa e riconobbe Hunter, che la minacciava con un coltello alla gola. «Sta zitta troia, dammi la *Snow White* e nessuno si farà male.»

«Ma me l'hai data tu» riuscì a rispondere Rose, la vista puntinata e i giramenti di testa sempre più forti. «Adesso è mia».

Hunter la spintonò contro la macchina e la obbligò a voltarsi. Le premette il coltello alla gola e la giovane trasalì. «Non mi interessa se te l'ho data. Devo sbrigare una faccenda e devo rivendere la droga se voglio arrivare vivo a domattina».

«A chi devi...»

«La tua matrigna. Ora dammela e sparisci dalla mia vista prima che cambi idea» ringhiò l'uomo.

Rose non riusciva a collegare cosa centrasse la sua matrigna con la Snow White. Sapeva solo che aveva paura del coltello che le premeva sulla gola e con mani tremanti aprì la borsetta, passando a Hunter la bustina con il residuo della droga.

L'uomo la prese e se la cacciò in tasca e, con movimenti fulminei, aprì la portiera e spinse Rose all'interno senza troppe cerimonie. «Vorrei rimanere a intrattenermi di più con te e la tua bocca, ma ti do un consiglio gratis, bella: sparisci per un po' dalla circolazione. Non vuoi sapere cosa c'è in ballo e fidati se ti dico che presto la tua mammina ti farà passare presto la voglia di tornare a casa». Le richiuse la portiera in faccia e si allontanò, sparendo nel buio così come era arrivato.

Rose si ritrovò a guidare per le strade di New York senza una meta, piangendo e sobbalzando ogni qual volta una macchina della polizia appariva sullo sfondo annebbiato della sua vista. La Snow White aveva rapidamente preso il controllo del suo organismo, trasformando il delirio fantastico in un deliquio di ansia e paranoia.

Non sapeva dove andare o cosa fare. Non aveva posti dove nascondersi, se non a casa di qualche amica che non sarebbe più rimasta tale se avesse saputo di ospitare una ricercata. Così Rose decise di guidare piano, combattendo l'effetto della droga, ma quando fu troppo si fermò nei pressi di una zona container, vicino a un grosso magazzino dall'aria dismessa.

Frenò di colpo e spense la macchina, piangendo per la disperazione. Non sapeva cosa fare o dove fosse finita. Afferrò la pochette e vi rovistò dentro, alla ricerca delle sigarette... almeno quelle l'avrebbero calmata fino all'arrivo del giorno e allo smaltimento definitivo della droga. Solo che, quando credette di trovare il pacchetto, si ritrovò in mano una piccola busta di plastica.

Perplessa, la estrasse e la mise sotto la luce tremolante della luce di cortesia dell'auto, scoprendo con un certo sconcerto la Snow White.

Ma non l'aveva restituita a Hunter? Cosa gli aveva dato allora?

Non importava, perché il suo corpo richiedeva a gran voce una nuova dose, così aprì la bustina e ci ficcò le dita dentro, pronta per un altro giro sulla giostra che l'avrebbe certo fatta sentire meglio.

Quando Rose riaprì gli occhi si rese conto di non essere più in macchina. A dire il vero non era nemmeno vestita come si ricordava. Ci mise un paio di minuti prima di realizzare che quello che aveva sulla bocca era un respiratore e aveva male ovunque.

Si sollevò di scatto, ma una mano la trattenne di colpo, impedendole di alzarsi e prevenendo un furioso giramento di testa. «Si calmi, miss Rose».

La ragazza si voltò e i suoi occhi si incrociarono con l'uomo più bello che avesse mai visto: biondo, occhi azzurri, sorriso da pubblicità di un dentifricio. Un poliziotto. «Che cosa... che cosa è successo?»

«Mi dispiace dirglielo così, miss» rispose lui, con un sincero rammarico nella voce. «Si trova nell'ospedale Saint Mary, è stata ritrovata in un magazzino vicino al fiume in stato di overdose». Distolse lo sguardo per un attimo, accigliato. «Mi duole dirglielo così, ma è stata trascinata all'interno dell'edificio, dove sette uomini di una gang locale hanno... hanno abusato di lei per tutta la notte».

Rose trattenne il fiato. Non aveva nemmeno lacrime da piangere. Non gliene fregava niente. «Agente...»

«Agente Charming» rispose lui prontamente.

«Agente Charming» riprese Rose, mentre il senso di nausea le attanagliava lo stomaco. «Sono in arresto?»

L'uomo rimase a fissarla per qualche secondo, interdetto. «Cosa... no! Se intende i malviventi allora sì, sono stati assicurati alla giustizia».

Parlava come un libro stampato, Charming. A Rose però in quel momento parve come un salvatore. Era ancora libera. Nessuno la stava andando a prendere per metterla in galera. Certo, c'era il problema dell'abuso, ma non aveva ancora realizzato quanto orribile fosse quello che le era accaduto. Il colpo sarebbe arrivato dopo, quando avrebbe cercato di alzarsi.

«Va tutto bene?» chiese l'agente, inarcando un sopracciglio dorato.

«Potrebbe andare meglio» ammise Rose, allungando una mano verso quella dell'altro e stringendola. «Ma adesso va bene così».

In una realtà distopica, alcuni appoggiano l'orecchio a terra e ascoltano le vibrazioni.

Tagetes: più comunemente indicato come garofano, è un genere di piante della famiglia delle Asteracee, originarie degli Stati uniti sud-occidentali, del Messico e del Sud America. In Messico è considerato il fiore dei morti.

Astro (nome scientifico Aster L., 1753) è un genere di piante spermatofite dicotiledoni appartenenti alla famiglia delle Asteraceae, dall'aspetto di piccole erbacee annuali o perenni dalla tipica infiorescenza simile alle margherite. Il nome del genere (Aster) deriva dal greco e significa (in senso ampio) "fiore a stella".

Hyacinthus: genere delle Hyacinthaceae (già incluso

nelle Liliaceae), originario del mediterraneo orientale Asia minore e regioni tropicali africane, comprende specie bulbose con numerose varietà dalle ricche infiorescenze coloratissime e profumate, il nome del genere deriva dal personaggio mitologico Giacinto ucciso da Apollo.

Mania: è una divinità molteplice, personificava la Follia. Nella mitologia romana era la dea della morte, era stata presa in prestito dalla mitologia etrusca. Insieme a Mantus governava il mondo dei morti. Spesso viene assimilata alle Erinni: infatti, come loro tormenta gli spiriti colpevoli e non da loro tregua. Pausania ci informa che le era dedicato un santuario in Arcadia, tra Megalopoli e Messene.

Con le mani in tasca e la mente occupata a riflettere sulla sua vita di merda, Mania affossò il mento nel petto e continuò a camminare per la sua strada. Nella mano infilata nei jeans teneva stretto il rotolo di soldi che l'ultimo cliente le aveva rifilato. Il palmo sudava contro la carta delle banconote. Si chiese se lasciassero giù l'inchiostro a forza di strizzarle. L'avrebbe fatta sentire sporca e lo era già abbastanza di suo, dopo quel pomeriggio passato tra le gambe di un borghese figlio di puttana.

Di rado il bastardo la chiamava per un servizietto a quell'ora. Sapeva che era affamata di denaro e che lei avrebbe piantato il suo cane pulcioso nella comune in cui viveva e sarebbe corsa da lui. Scosse la testa e con l'altra mano si frugò nella tasca anteriore della felpa, tirando fuori un pacchetto di sigarette e sfilandone una con le labbra. Non doveva fumare mentre era incinta. Beh, non avrebbe dovuto nemmeno battere, se era per quello.

Ributtò il pacchetto nel tascone e rovistò alla ricerca dell'accendino. Nel mentre inciampò in una lattina. Fregandosene della folla di gente che affollava i marcia-piedi e che la guardava, tirò un calcio al pezzo di latta e subito qualcosa rimbombò nelle orecchie come il suono di mille piatti infranti, come ogni volta che succedeva qualcosa del genere. Soffriva di un disturbo che le rendeva l'udito fin troppo amplificato.

Il suono le giunse forte e chiaro, riuscì a percepirlo senza problemi, ma a quanto sembrava era solo lei ad avvertirlo. Impossibile, si disse. Non era un rumore, ma tutti avrebbero dovuto...

Non fece in tempo.

A malapena riuscì ad aprire la bocca per urlare a tutti di scappare. L'unica cosa che fece, l'unica cosa che le suggeriva l' istinto, fu quella di voltarsi rapidamente e fuggire in mezzo alla gente che indietreggiava e la fissava senza capire.

Tre secondi più tardi la bomba piazzata all'interno di un elegante bar frequentato da persone per bene esplose, portandosi via mezzo palazzo della trafficata via di New Milan, insieme alle anime di quarantasei persone che si trovavano all'interno o nei pressi.

Un'enorme voragine si era aperta dove si trovava il locale in seguito all'esplosione. Il fumo e il cemento sbriciolato ricoprirono tutto e chiunque accorresse per prestare soccorso, la polvere aleggiava nell'aria, rendendo tutto più terribile. Le sirene delle ambulanze coprirono solo parzialmente il suono orrendo dei gemiti delle persone che morivano sotto le travi e le urla di chi era sopravvissuto, dilaniato dalla vita in giù o senza braccia.

Mania non era stata abbastanza veloce. L'esplosione l'aveva sbalzata via ed era rotolata per terra, strappandosi i jeans consunti e sbucciandosi le ginocchia. Si portò le mani alle orecchie, mentre la bocca si spalancava per il terrore e lo shock, ignorando il caos che le era scoppiato intorno. Ansimò in preda all'angoscia. dentro si sé il suono acuto che la stava lacerando si quietava lentamente, ma ormai era tutto diverso.

Il primo pensiero fu per il bambino che portava in

grembo. Con un singulto abbassò le mani e vide il sangue. Tirò su col naso, mentre le lacrime le cadevano sui palmi, mischiandosi al liquido rosso che era colato dalle sue stesse orecchie. L'angoscia la prese alla gola, forse era appena diventata sorda per colpa di una fottuta bomba.

Si alzò a fatica, con l'equilibrio ormai a puttane, e ondeggiò verso il cratere aperto dalla bomba. Il fischio nelle orecchie diminuiva a ogni passo, ma al posto del silenzio, Mania riusciva a sentire ogni cosa, anche la più infinitesimale, come per esempio il lento svolazzare dei fiocchi di polvere e cemento che si posava a terra, rivelando tutto l'orrore di ciò che era accaduto pochi istanti prima.

Percepiva gli ultrasuoni dalla nascita. Con l'esplosione le si erano rotti i timpani rendendola sorda. Ci sentiva ancora, ma in un modo diverso e non era sicura che fosse migliore.

Qualcuno le parlò, ma non riuscì a capire cosa diceva. Le sembrava solo il gorgoglio di corde vocali. Una mano si posò sulla sua spalla e a quel punto Mania sussultò, accorgendosi di un membro del personale medico dell'ambulanza appena arrivata. Il tizio in camice si era accorto delle sue mani insanguinate e le faceva segno di seguirlo.

Intorno alla voragine avevano già a iniziato ad affollarsi polizia e volontari di primo soccorso. Troppi suoni e pochi rumori.

Il medico aprì e chiuse la bocca più volte e Mania si indicò le orecchie, cercando di far capire che non lo sentiva. L'uomo le rivolse un sorriso tirato e annuì, indicandole l'ambulanza e poi la lasciò sola, accorrendo al richiamo di un collega che necessitava del suo aiuto per trasportare un ferito grave.

Intorno a lei tutto viaggiava più lento, ogni cosa sembrava sospesa, quasi rallentata. Se ci fosse stata una musica di sottofondo sarebbe stata una canzone Bob Dylan con *The times they are changing*, ma quello non era Watchmen, era un pezzo della sua fottuta vita.

Fu in quell'istante di solitudine che Mania si rese conto di avere un dono e non era quello che aveva nell'utero.

Anni dopo

«Prima regola del Fight Club, non parlare mai del Fight Club.»

Un coro di risate sguaiate si levò intorno a Aster, che

chiuse gli occhi con un vago senso di sconforto. Non si era unito a quella banda di pazzi per sentire citazioni di vecchi film. Era lì per fare qualcosa. Forse solo uccidere, chi lo sa?

Solo Dio lo sa.

«Dai, non prendertela» ridacchiò Butcher, rifilandogli una manata su una spalla. «Cerchiamo di farti sentire a tuo agio.» A quel gesto Aster gli rifilò un'occhiata omicida e si scostò di un passo, sentendo le mani prudere per il fastidio.

Butcher, al secolo Giacinto Verbato, prima del Dominio faceva il macellaio a New Milan. Buffo il fatto che come soprannome avesse scelto l'anglicizzazione del proprio mestiere, chiunque si sarebbe sentito a disagio a chiamarsi come un fiore.

Il Dominio era il nuovo regno istituito da Mania la Sorda, qualcosa di cui qualunque italiano avrebbe voluto volentieri fare a meno. Tutti erano rimasti impotenti di fronte alla rapida ascesa politica di una donna non udente, in grado di emettere ultrasuoni così potenti da far esplodere la testa a chiunque le si parasse davanti. Le autorità avevano deposto le armi di fronte all'inspiegabile. In pochi mesi la situazione si era ribaltata e la donna venuta dal nulla comandava l'esercito, imponendo una dittatura senza eguali.

Solo negli ultimi anni, un manipolo di ribelli cercava

di sollevarsi in difesa del popolo. Nessuno però sapeva chi comandava i dissidenti.

«Ok. Seriamente, come funzionano le cose qui?» chiese Aster, iniziando a spazientirsi. Quel tizio grande e grosso che assomigliava a un soldato inglese dell'Ottocento, gli piaceva, ma più perdevano tempo, più il Dominio si espandeva e lui non aveva attraversato mezza Italia a piedi per arrivare lì e farsi prendere per il culo da un branco di dilettanti.

«Giusto, le regole.» Butcher sorrise, mostrando i denti come uno squalo. «*Lei* vive qui.» Con un grosso dito indicò il capannone in cui si trovavano, poi lo abbassò verso una porta dipinta di rosso vivo. Pareva sangue. «Là dietro, per essere precisi. Purtroppo la possiamo vedere solo una volta al giorno, c'è una signora che si occupa di lei per il resto del tempo.»

Aster non poté fare altro che annuire. Sapeva poco della Bambina Cieca, se non che sotto di lei si riunivano tutti quelli in grado di avvertire e comunicare con gli infrasuoni. Lui era uno di quei pochi *eletti* che con il giusto addestramento in materia sarebbero divenuti vere e proprie macchine da guerra. Non aspirava ad altro.

«Vieni, ti presento *a lei*.» Butcher gli fece segno, lo condusse fino alla porta verniciata di rosso e la spinse, rivelando l'interno: una grossa stanza completamente bianca, il cui pavimento era per intero cosparso di garofani rossi. Al centro della camera, seduta su una poltroncina, c'era la Bambina Cieca. Non aveva più di dodici anni. Era vestita di bianco, gli occhi erano coperti da una benda rossa e batteva continuamente un piede per terra.

«Ciao» esclamò, quando i due uomini furono a pochi passi da lei, non fermando il proprio piede. «Sono Tagete e sapevo che eri qui da quando... beh, da quando eri in Via dei Campi, Aster.»

Butcher ridacchiò, mentre Aster spalancava gli occhi. Via dei Campi era a più di venti chilometri di distanza da quel posto dimenticato da Dio. Se lei era riuscita a sentirlo da così distante... Si riprese un attimo. «Quindi era il tuo piede, quel rimbombo continuo.»

Tagete sorrise, uno splendido sorriso da bambina. «Già.»

Aster rispose con un sorriso imbarazzato allo sguardo soddisfatto della giovane e di Butcher. Se era una prova, l'aveva apparentemente superata. «Splendido... beh, come funziona adesso?»

Lei si limitò ad allargare le braccia, battendo il piede più forte. Quel suono rimbombò nella testa di Aster come un battaglione di soldati in marcia. «Ti insegnerò. Farò in modo che tu possa imparare a gestire il dono che hai, così come ho fatto con gli altri.» Riportò le mani sulle ginocchia e cessò il movimento della gamba, immobile come una statua di cera. «Devi imparare a non vedere più con gli occhi, ma con le orecchie. A quel punto sarai pronto.»

«Sembra facile.» Aster inclinò la testa, ma subito la raddrizzò di scatto. Tagete aveva battuto il piede una sola volta e qualcosa dentro di lui era impazzito. Non era successo nulla, eppure si sentiva come una mosca intrappolata in un vaso di vetro. Non provava più una simile paura da... beh, da quando aveva partecipato al suo primo colpo di stato in quel paese di idioti.

«Mi sono dimenticata di dirti una cosa» gli sorrise placida. «Gli infrasuoni sono legati alle emozioni. Controlla quelle e sarai il re del mondo.»

Camminare in un edificio pieno di gente armata con gli occhi bendati fu il meno. Gettarsi da un grattacielo con una corda assicurata alla caviglia e senza possibilità di vedere, quello sì che fu qualcosa di allucinante, ma anche di liberatorio. Di solito quando si gettava da altezze così elevate lo faceva sempre con occhi ben vigili e soprattutto *aperti*.

Aster poteva sentire la risata di Tagete anche senza che lei fosse lì. Avvertiva le sue emozioni e comunicavano tramite quel sottile mondo fatto di suoni che gli altri non potevano percepire. Era un po' come stare dentro una bolla dove potevano parlare solo loro escludendo il mondo, e viceversa, visto che su di loro gli ultrasuoni erano totalmente inefficaci.

Nel frattempo a New Milan le cose si erano fatte molto più difficili per tutti. Il Dominio si era espanso a nord, conquistando terre che non erano mai state italiane. La Polizia era diventata un organo di repressione della libertà invece che di difesa al cittadino. Era stata dotata di strumenti in grado di emettere potenti ultrasuoni udibili anche dall'orecchio umano. In quel modo chiunque avesse provato a ribellarsi avrebbe avuto le orecchie sanguinanti o le sarebbe esplosa la testa a seconda dell'intensità con cui gli ultrasuoni venivano emessi.

«Per nostra natura non possiamo avvertire gli ultrasuoni» disse un giorno Tagete, prima di elencare ad Aster le attività che avrebbero condiviso quel giorno. «Siamo qualcosa che non dovrebbe esistere in natura, eppure siamo l'unica risorsa in questo paese malato.»

«Allora spiegami perché non abbiamo mai fatto niente da quando sono arrivato» sbuffò Aster, ricacciandosi indietro un ciuffo di capelli neri. Lo angosciava il crogiolarsi nell'inutilità quando tanti concittadini avevano bisogno che le cose fossero rimesse a posto.

Tagete volse il viso verso di lui. Nonostante avesse una benda sugli occhi, il suo sguardo oltrepassava la stoffa e gli arpionò il cuore in una stretta. «Niente? Ti pare *niente* quello che stiamo facendo?»

Aster cercò di calmarsi e combattere la sensazione di perdersi nel vuoto. Sul serio, quella bambina manovrava le emozioni altrui in una maniera che non gli piaceva per niente. Si appuntò mentalmente di sistemare la faccenda una volta che l'obiettivo fosse stato raggiunto. Tagete doveva mantenere le distanze. «Beh sì. Insomma, *sentilo*. Là fuori la gente vive asserragliata nelle proprie case se non te ne sei accorta e tu stessa hai detto che noi siamo la chiave per sistemare le cose.»

«Quando saremo tutti pronti allora andremo» mormorò la bambina, tamburellando con un dito sulla propria poltrona. Butcher entrò nella stanza e fece cenno ad Aster di seguirlo. Questi lo fece con una certa riluttanza, la risposta sterile della bambina non gli era piaciuta affatto. Non sopportava essere liquidato, soprattutto da qualcuno che era ancora in fase pre-adolescenziale.

«Non prendertela» gli disse Butcher una volta fuori dalla stanza dei garofani. Sembrava stanco e aveva sul viso e sulle braccia dei graffi che quella mattina di sicuro non erano presenti. «Non lo fa apposta, ma ti assicuro che ce la sta mettendo tutta affinché le cose vadano per il verso giusto.»

Aster annuì, seppur controvoglia. Era passato più di un anno dal suo arrivo a *Infrasound* – era così che Tagete aveva chiamato la base della piccola armata di disadattati – e a parte buttarsi giù da palazzi e imparare a esercitare le proprie emozioni, aveva risolto ben poco. Non aveva fatto niente di eccezionale, nulla di eroico. Non aveva salvato vite, ma molto spesso le aveva viste spegnersi sotto gli assalti della Polizia armata di ultrasuoni durante le manifestazioni rivoltose.

Non era *affatto* quello che si era immaginato.

Tagete ordinò l'attacco al palazzo di Mania all'alba di una fredda giornata di novembre. Anche in quel caso nulla era come Aster si immaginava che fosse. Nessuno di loro era armato fino ai denti, non erano vestiti come una squadra di SWAT o temerari come i soldati che si dipingevano di nero il volto per mimetizzarsi.

Erano un branco disorganizzato acui per fortuna o per sfortuna erano stati assegnati lui e Butcher in qualità di guida. L'ex macellaio infatti pareva del mestiere. Si vedeva da come impugnava il fucile. Non aveva le mani tremolanti come i ragazzini dietro di loro.

«Sarà un bagno di sangue» mormorò Aster, passando il binocolo all'altro uomo. « Tagete non ha mai voluto addestrare alle armi qualcuno di questi... *questi?*»

Butcher sogghignò, con il sigaro spento fra le labbra. Aveva un alito terrificante. «Non è stata *lei*, ragazzo. Sono stato io. Guardali, siamo in piena notte a tentare un attacco suicida e se la stanno facendo sotto dalla paura. Li ho convinti che ci sarebbero stati più utili con le loro capacità emozionali, ma per quanto riguarda il lavoro sporco... beh, è per questo che ci siamo qui noi.»

Aster fissò la canna del proprio fucile mitragliatore. Avevano viaggiato per tre giorni di fila senza chiudere occhio per raggiungere Roma da New Milan. «Non dovremmo essere qui per uccidere. Possiamo farci strada usando gli infrasuoni.»

«Ma avere un amico al proprio fianco non è mai un male» rispose l'altro, sollevando il proprio mitragliatore Fal BM-59.

«Dove credi di andare con quel ferrovecchio?» lo prese in giro Aster. Di fucili Fal non se ne vedevano più in giro dagli anni '70, ormai erano fuori produzione.

«Ferrovecchio? Non mi ha mai tradito. Tu piuttosto, sta attento che la tua ferraglia non si inceppi al momento giusto.» L'ex macellaio indicò il suo M60 con un gesto del capo.

L'uomo più giovane scosse la testa con una smorfia e riportò l'attenzione a quello che dovevano fare: penetrare dentro Palazzo Montecitorio e fare fuori Mania la Sorda, a qualsiasi costo. Avevano il vantaggio di possedere due fucili mitragliatori in un'epoca in cui solo i taser e gli emittenti di ultrasuoni erano concessi e tutte le armi da fuoco erano state sequestrate e distrutte dal Dominio per ridurre al minimo qualsiasi possibilità di nuovi golpe. Inoltre, non meno importante, possedevano il fattore sorpresa: gli infrasuoni. Potevano comunicare tra loro in quasi totale e assoluto silenzio, certi di non essere sentiti da nessuno e in grado di usarli per manipolare le emozioni.

Aster tirò un'ultima aspirata dalla sigaretta Black Devil che teneva fra le labbra, lasciando che il sapore del cioccolato si diffondesse sul palato, prima di gettare il mozzicone in una pozzanghera e guardarlo spegnersi velocemente.

Quella notte sarebbe stato il caos.

«Pronto?» chiese Butcher, grattando il rimasuglio del sigaro contro il muro per spegnerlo e poi infilarselo in tasca. Era un cubano, non si sprecavano i cubani.

«Sono nato pronto.»

E più che *Un grosso guaio a Chinatown*, ci sarebbero stati una montagna di casini a Montecitorio.

Aster si ripulì il sangue dalla faccia. Era sicuro al 100% che non venisse dal suo corpo, ma da quel branco di idioti che la gente si ostinava a chiamare *polizia*. Non avevano potuto niente contro di loro. Gli emettitori di ultrasuoni erano ridicolmente inutili, al punto che Aster quasi credette per un attimo che ce l'avrebbero fatta.

Poi erano arrivate le scariche elettriche dei taser.

Quando era giunta la *cavalleria* con armi in grado di scaricare immense quantità di volt di elettricità nell'aria il gioco si era fatto interessante. Li avevano attaccati, ma qualcuno dei ragazzi, armati solo dei propri infrasuoni, era caduto sotto una scarica voltaica decisamente intensa.

Poi era passato Butcher con il suo Fal a radere al suolo qualunque forma vivente gli si fosse parata davanti, amica o nemica. «Perché vi ostinate a vivere quando possiamo seppellirvi per soli quattro dollari e novantacinque cents?»

«Potremmo farcela» mormorò Aster, applicando la cara regola del sparare a qualsiasi cosa si muovesse a terra, fregandosene di chi rimaneva ucciso. «Ma ho quasi finito i caricatori.»

«Anche io» rispose Butcher, con una punta di nervosismo. Poi si sciolse in un ampio sorriso feroce. «Fanculo, andiamo.»

· · ·

Quando giunsero nella sala che una volta era la sede del Parlamento, trovarono Mania la Sorda seduta al posto della stenografa. Digitava con calma serafica sulla tastiera di una vecchia macchina da scrivere Olivetti, un dito dopo l'altro, con metodica lentezza.

Aster e Butcher si guardarono l'un altro e annuirono, decisi a mettere in pratica quello che Tagete aveva insegnato loro con gli infrasuoni... per scoprire che non funzionavano.

«Ma che cazzo...» ringhiò l'ex macellaio, preso di sorpresa da quell'avvenimento.

«Ultrasuoni e infrasuoni funzionano allo stesso modo, da un certo punto di vista. Solo a frequenze diverse» mormorò la donna, continuando a scrivere su un foglio di carta ingiallito ignorandoli come se non li temesse. «Molto spesso sono qualcosa di così simile...»

Aster saltò giù dagli scalini, con il fucile spianato. «Lo sai che siamo qui per ucciderti e porre fine al tuo stupidissimo Dominio?»

«Aster, non può sentirti, è sord...» fece per dire Butcher, ma Mania si voltò verso di loro, con un sorriso che una volta avrebbe avuto la pretesa di apparire dolce. «Il suono delle vostre parole rimbalza sulle superfici e, grazie agli ultrasuoni, sono in grado di sentire quello che dite. È vero, mi ucciderete, ma siete sicuri di fare la cosa giusta?»

«Hai mandato in vacca questo paese, certo che è giusto!» urlò Butcher, lasciando che tutte le sue emozioni fluissero fuori.

Rabbia.

Dolore.

Impotenza.

Mossa sbagliata.

Nell'istante in cui Butcher si lasciò totalmente andare, Mania si alzò, afferrò la macchina da scrivere e la lanciò con tutte le sue forze in faccia all'uomo, spaccandogli il cranio. Il macellaio cadde riverso a terra, il sangue fuoriusciva dalla testa rotta come il guscio di un uovo.

Aster fece appena in tempo a sfiorare l'impugnatura del fucile e non sparò neppure un colpo. Mania cadde in ginocchio davanti a lui, il sangue le colava dalle labbra su cui aleggiava un sorriso. «Ho detto *simili*, non *uguali*.»

Cadde a faccia in giù vicino a Butcher. Aster sollevò lo sguardo e vide Tagete, i capelli biondi sciolti sulle spalle e la benda che rivelava gli occhi vuoti, ciechi e pieni di follia. Lo sguardo soddisfatto di chi era riuscito ad arrivare dove voleva, come voleva e con i suoi scopi. «Buonanotte, *mamma*.»

A quelle parole e all'espressione maligna sul volto della bambina, Aster ci mise poco a collegare la situazione e ancora meno a capire che Tagete avrebbe preso il posto di Mania e nulla sarebbe cambiato, se non in peggio. O forse non sarebbe successo niente, ma non gli importava poi tanto, visto e considerato come promettevano di andare le cose.

Possibile che ci fosse cascato come un pivello? Dove diavolo erano finiti tutti i buoni propositi per il quale aveva combattuto senza risparmiarsi? Si era affidato come un coglione a un gruppo di disadattati comandati da una mocciosa pazza furiosa. L'idea di essere stato fregato gli germogliò dentro, accendendogli quel familiare fuoco caldo nello stomaco che associava a rabbia e delusione.

Aveva passato mesi della sua esistenza a sprecare energie con la sicurezza di costruire un futuro migliore, di poter fare la differenza. In quel momento invece, con Tagete davanti, la consapevolezza di non essere altro che una dannata pedina in una scacchiera molto più grande di lui gli rose l'anima.

Volse la testa verso il cadavere di Butcher, morto stecchito con la convinzione di aver contribuito a una grande causa. Visto come stavano le cose, probabilmente sarebbe risorto per tirare calci in culo a chiunque.

Era morto per permettere a una bambina pazza di effettuare il cambio della guardia e insidiarsi al potere.

Era morto per un fottuto niente.

Alzò il fucile e non ascoltò quello che la ragazzina

stava per dirgli. Non le diede nemmeno il tempo di concentrarsi e usare gli infrasuoni su di lui.

Premette il grilletto e il proiettile le aprì un terzo occhio sulla fronte.

C'erano cose, come i giochi di potere, che non si risolvevano con abilità speciali o chissà cosa.

Bastava una pallottola ben piazzata.

Non bisogna mai cercare di capire una donna. Le donne sono immagini; gli uomini sono problemi. Se volete sapere quello che una donna intende veramente – ed è sempre un desiderio pericoloso – bisogna guardarla, non ascoltarla.

VEDO LA GENTE MORTA

Quando avevano iniziato con quella stupida diceria del terremoto a Roma, avevo liquidato tutta la faccenda con una semplice scrollata di spalle. Figurarsi se era roba vera, sono sempre stato un ragazzo pragmatico, non credo a certe stronzate da *fine del mondo* o *2012* o *programmi alla Mistero*. L'11 maggio non ci sarebbe stato nessunissimo terremoto, alla faccia dei moderni Nostradamus.

Ne ero pienamente convinto, mentre prenotavo la mia prima vacanza romana in un'agenzia viaggi del vercellese.

Mi chiamo Andrea, ho ventisei anni e per parecchio ho lavorato in uno supermercato della zona, che non faceva altro che sfruttarmi. Mi sono licenziato e ho deciso di sfruttare i pochi soldi della mia liquidazione per svagarmi un po'.

Non ero mai stato a Roma, mai vista e mai vissuta, era il luogo perfetto dove iniziare la settimana di ferie che mi ero faticosamente guadagnato. Non avevo abbastanza soldi per andare al mare o a Jerba come sognavo – oh, *Jerba! L'isola delle meraviglie* – così, dopo una lunga lotta intestina contro me stesso, mi ero detto che un giovanotto in gamba come me preferiva le città d'arte piuttosto che le discoteche di un'isola tunisina o la movida di un'Ibiza.

Roma.

C'erano divertimenti anche a Roma, *no?*

Ritirai il plico contenente i dati del soggiorno e il prezioso biglietto per il Frecciarossa che mi aspettava in Stazione Centrale a Milano, pronto a partire.

"Ufficio dell'anagrafe di Roma, siamo spiacenti di comunicare che al momento siamo chiusi per terremoto."

"Ufficio del registro, chiuso per possibile terremoto."

Sbuffai, levandomi le cuffie dalle orecchie, persino

Radio Deejay aveva iniziato informarsi presso i vari uffici pubblici della capitale per sapere come veniva vissuta l'ansia per l'imminente sisma.

Che palle. Possibile che la gente non capiva che non sarebbe successo niente di niente?

Nessuna scossa di terremoto avrebbe aperto in due Roma, ma perché c'era ancora gente capace di credere a simili cretinate?

Non seppi spiegarmelo, così mi rimisi le cuffie nelle orecchie e misi su Radio 105 per sentire un po' di Zoo, rannicchiandomi nel sedile del lussuoso treno su cui viaggiavo.

Prima classe, almeno per una volta.

Il tizio dai capelli impomatati e il completo gessato grigio di marca davanti a me fece una piccola smorfia, mentre mi osservava. Da come mi aveva messo gli occhi addosso potevo quasi carpire i suoi pensieri, i suoi occhi parevano definirmi un piccolo e sudicio provinciale piemontese che era sceso da un altrettanto sudicio treno regionale veloce per portare le zecche dei suoi dread-locks biondi sopra la prima classe di un FrecciaRossa. Proprio davanti a *lui*.

Ancora non lo sapevo, ma si chiamava Carlo, era un deputato del Partito della Libertà, anche se lo avevo dedotto dalla grossa e pacchiana spilla che teneva applicata sul risvolto della giacca. In ogni caso non avrei mai associato la sua faccia a uno che avesse militato nelle file della Lega, non sembrava abbastanza stupido per obbedire ciecamente agli ordini privi di senso di un partito come quello. Chissà se ci era stato e se gli avevano fatto la benedizione nel Po', se ne faceva un gran parlare una volta.

Ridacchiai fra me, non ero un idiota e sapevo perfettamente come riconoscere un *finocchio* come me.

Niente gay nella Lega, solo uomini veri.

Il tizio strinse le labbra e pensai che magari non mi considerava esattamente un *sudicio provinciale piemontese* che non era poi così disgustoso. Magari una volta lavato e ripulito potevo essere carino, chissà coi capelli lavati! Fanculo...

Per più di qualche minuto provai a immaginarmi come dovesse essere farsi una scopata con quel tizio.

Mi perse nella sua fantasia, mentre il suo sguardo lampeggiava nascosto dietro la propria impassibile faccia di pietra tipicamente politica. Riuscivo solo a pensare cose oscene, mi piacevano quelli stronzi come lui.

Dio, che cosa fantastica e sporca avrebbe potuto essere.

«Biglietto, prego.» La voce del controllore mi risvegliò di soprassalto da quel sogno a occhi aperti, facendomi maledire tutto e chiunque nell'arco di dieci chilometri. Lui mostrò il biglietto e io feci lo stesso, senza nemmeno sfilarmi le cuffiette.

Lo vidi riprende in mano il suo portatile e probabilmente iniziò a mandare email, cercando disperatamente di ignorarmi mentre muovevo la testa a ritmo della musica sparata nelle orecchie. Lo vedevo, ero quasi sicuro di avere a che fare con uno come me, probabilmente avrebbe voluto fare un sacco di volte la stessa cosa, senza sapere che gliene sarebbe mancato del tutto l'opportunità.

Il 9 Maggio, al pomeriggio, decisi che il primo posto da visitare fossero i giardini di Villa Borghese. In realtà non me ne fregava nulla, ma dovevo fare un po' di foto da portare a mamma e a quel cretino di Roberto, il mio vicino di casa che mi piaceva tanto e non ne voleva sapere di mettersi con me.

Così mi rigirai fra le mani la cenciosa guida che un tizio basso e unticcio in stazione mi aveva venduto «*pè dui euri!*» e avevo iniziato a camminare alla ricerca dell'autobus giusto, dopo aver lasciato il mio bagaglio in albergo. Con una certa sorpresa avevo scoperto che il tizio in treno con me alloggiava a poche stanze dalla mia.

«Ehi, lo sai? Hanno chiuso anche un paio di negozi in centro per quella storia del terremoto e la fine del mondo... ma te ci credi?» ridacchiò una ragazza all'amica mentre mi passavano di fianco, con le minigonne fin troppo svolazzanti. L'altra, con i capelli neri e abbronzata in maniera innaturale rispose: «Ma smettila, non credo a queste cazzate. L'unica cosa che me le fa girare è che i negozi che hanno chiuso sono quelli dove volevo andare a comprare le scarpe!»

Sembravano davvero due oche.

Mi misi le cuffie nelle orecchie e accesi il lettore mp3, allontanandomi. Avvertivo un vago senso di disagio in fondo allo stomaco. Forse non era stata così geniale l'idea di prendersi una vacanza a Roma...

Il 10 maggio fu una normalissima giornata di sole e passeggiate, foto scattate al Colosseo e altre stronzate tipicamente da turista.

Sarebbe andato tutto benissimo, se non fosse stato per l'incredibile quantità di negozi che avevo trovato serrati. La gente girava poco per le strade e quei pochi che uscivano o i negozi che erano aperti appartenevano gli scettici che non credevano a una sola parola di quelle cretinate dette dai tg.

Se un meteorite fosse caduto su Roma o fosse avvenuto il famoso terremoto, la capitale sarebbe stata l'ultima ad avere dei problemi. Tutta l'Italia ne avrebbe avuti, no? Ecco perché non credevo a una parola di tutte quelle sciocchezze.

Ben presto mi dovetti rifugiare in uno dei pochi bar aperti, mi presi una granita per sconfiggere il caldo asfissiante e alzai la testa verso il televisore inchiodato al muro che trasmetteva le notizie del giorno.

Del terremoto e della presunta fine della città di Roma non si parlava nemmeno più.

«Lo avevo detto io che erano tutte stronzate.» borbottò il barista, passando uno straccio sul bancone e tirandolo a lucido. "Figurati se viene un terremoto in questo posto!"

«Ma figurati Robé!» interloquì un vecchietto, seduto a uno dei tavolini. "Sarà la solita scusa tirata fuori da quelli del comune per non andare a lavorare."

Mio malgrado mi ritrovai a ridacchiare a quella battuta. Visto quel poco che facevano gli statali, non mi sarei per niente stupito se il terremoto fosse una cosa inventata.

Pagai la mia consumazione e lasciai il bar, con un improvviso senso di leggerezza. I negozi erano chiusi? Chissene frega, avrei fatto la miglior vacanza della mia dannata vita. Inoltre il tizio del treno stava nel suo stesso albergo, magari avrei potuto farmi coraggio e provarci, per rendere quella vacanza ancora migliore.

Era l'11 maggio mattina, quando conobbi Carlo, il tizio del treno. Successe tutto in maniera piuttosto scomposta a dire il vero, nulla a che vedere con l'approccio *romantico* che avevo in mente di riservargli per poter entrare nei suoi pantaloni.

Mi raccontò solo in seguito cosa gli era accaduto...

Carlo strisciò fuori dal letto e si trascinò a fatica nel bagno del piccolo e squallido albergo in cui alloggiava. Pisciò e si fece la barba, sembrava più uno zombie che altro.

Tornò in camera con lo spazzolino ficcato in bocca e accese la televisione mentre cercava i calzini nella valigia. Ci mise più di un attimo nel capire che il telegiornale era inframmezzato da ronzii e si girò per dare un colpo all'apparecchio quando la sua attenzione fu finalmente colta dallo schermo.

Secondo il telegiornale Roma era preda a un delirante attacco da parte di uomini in evidente stato di disagio che attaccavano altri esseri umani sbranandoli a morsi. Non si conosceva ancora la natura di quella strana situazione, ma si era già iniziato a etichettare quelle persone come *zombie*. Il servizio terminò con la giornalista che afferrava il cameraman e fuggivano insieme per scappare dalle dita protese di due zombie sfuggiti dal cordone della polizia in Piazza di Spagna.

Lo spazzolino gli cadde di mano e si voltò di colpo verso la finestra, tirando le tende. Lo spettacolo che le telecamere stavano trasmettendo era ben visibile ai suoi occhi attraverso il vetro.

La stronzata sulla Fine non era una bugia... non c'era stato nessun terremoto, ma nessuno gli aveva detto di prepararsi a un'apocalisse *zombie*!

Corse di nuovo in bagno a sciacquarsi la bocca e la faccia, tutta quella faccenda doveva essere sicuramente una presa per il culo. Aveva bisogno di schiarirsi le idee, non era possibile che il giorno prima non ci fosse nulla e la mattina dopo ci fosse quella roba!

Con un gemito tornò in camera e tirò di nuovo le tende. Niente, tutto come prima. Gente apparentemente morta che arrancava per strada assalendo i passanti incauti che non sapevano nulla di quanto fosse successo.

A fatica deglutì e indossò rapidamente un paio di vestiti, si allacciò le scarpe e cautamente aprì la porta che dava sul corridoio per vedere come fosse la situazione.

Alla sua destra una stanza si aprì e ne uscii proprio io. Andavo verso di lui, con alle orecchie le onnipresenti cuffiette, mentre armeggiavo con il suo lettore mp3. Dietro di me una figura si muoveva scompostamente, ma non me ne accorsi minimamente e il giovane deputato aveva visto abbastanza film per sapere cosa fosse.

Carlo mi afferrò per un braccio e mi trascinò nella stanza, chiudendo il battente in faccia a quella che probabilmente in vita era stata la donna delle pulizie dell'albergo.

«Ma che cazzo...» finii a carponi sulla moquette, senza capire. Guardai storto l'altro e gettai il lettore da parte, mentre cercavo di tirarmi su. «Ehi amico, se volevi invitarmi a uscire potevi farlo in maniera più *gentile*.»

«Ti prego, dimmi che non sono pazzo.» Ansimò invece Carlo, afferrandomi per una mano e obbligandomi a seguirlo nei pressi della finestra. «Dimmi se quello che vedo è vero o è follia!»

Feci una smorfia e guadai fuori di malavoglia. Il fiato mi si mozzò in gola e mi chiesi quando era iniziato tutto quel casino e dov'ero mentre accadeva.

11 maggio 2012 – un anno dopo

Roma sembrava deserta, i pochi cadaveri che avessero ancora attaccato qualcosa erano gettati agli angoli della strada e non parevano muoversi.

Dopo l'11 maggio dell'anno prima le notizie erano state poche e discontinue. Si era parlato di fatalità, magia nera, incidenti diplomatici... la verità in realtà non la sapeva nessuno e chi la sapeva stava ben in alto, chiuso al sicuro nei palazzi governativi e non ammetteva di non aver saputo nulla dell'imminente attacco che dei terroristi avevano compiuto nella notte con un virus, coperti dalla notizia del terremoto.

A dire la verità non mi importava più un fico secco di cosa fosse successo. Mia madre era morta nello stesso modo, lo avevo scoperto quando ero riuscito a scappare da Roma con Carlo, mangiata viva dal vicino che tanto mi piaceva.

La situazione del virus, che avrebbe comprendere solo la capitale, era sfuggita ben presto di mano ai terroristi e si era dilagata in tutto il territorio italiano e poi infine in Europa. Da lì a fare il salto del mare e arrivare in America il passo era stato breve.

Noi due avevano deciso di tornare a Roma, nascondendoci qua e là durante il viaggio, ammazzando il più possibile quelli che all'apparenza sembravano zombie, ma che in realtà era gente vivissima e malata, con una fame terribile di carne umana. L'istinto cannibale risvegliato a quanto pare era stato un difetto non previsto del virus che era stato diffuso nella notte fra il 10 e l'11 maggio 2011, causando così milioni e milioni di morti.

Anche Carlo era morto in quella maniera. Si era fatto male ed era rimasto indietro, avevo provato a trascinarlo via per far sì che non venissimo raggiunti, ma lui mi aveva scacciato e implorato di salvarmi, perché *quelle cose* mi erano ormai addosso.

Le avevo viste strappargli brandelli di carne dal corpo e ho pianto di dolore per lui. Avrei voluto sparargli per non farlo più soffrire, ma avevo un dannato bisogno di quei pochi proiettili a mia disposizione e uno sparo significava attirare troppa attenzione indesiderata sulla mia persona.

A un anno esatto di distanza da quel maledetto 11 maggio 2011, cammino al centro della piazza di San Pietro. Intorno a me solo mucchi di cadaveri e a ben pensarci non vedo più qualcuno di sano ormai da più di sei mesi. L'aria è fetida, con ogni probabilità sono malato anche io e non me ne rendo conto, ma non posso esserne certo. L'unica cosa di cui sono più che sicuro è che sono terribilmente *stanco*.

Posso benissimo essere l'ultimo uomo sulla faccia della terra, per quanto ne so e forse lo sono davvero.

Mi giro per abbracciare il paesaggio con lo sguardo e infine urlo. Con un sorrisetto mi metto le cuffie nelle orecchie e attacco ad ascoltare la musica da un vecchio walkman a pile che ho trovato in casa di qualcuno durante il mio viaggio nell'inferno con Carlo.

Dai bordi della piazza iniziano ad accorrere quelli che ormai chiamo zombie per comodità. Il mio grido li ha richiamati e avevano fiutato la sua carne fresca. In mezzo a loro c'è anche quello che era stato Carlo, quasi non lo riconosco a causa del viso deformato. Meglio così, anche se speravo che le sue sofferenze fossero già finite.

Alzo il volume del walkman e chiudo gli occhi. Se sono l'ultimo uomo sulla faccia della terra e oggi devo morire, tanto valeva farlo con la musica dei Queen sparata al massimo nelle orecchie.

DISORDINE

È morto un uomo, un uomo molto
disordinato.
Quando hanno cercato di metterlo in
una bara non sono riusciti a trovare
un suo dito.
La sua testa era sotto il letto, le sue
braccia erano sparse nella sua
camera.

ichael Shan era un uomo disordinato. Quel genere di persona a cui non è possibile affidare niente, poiché si era certi che

l'avrebbe perduta. Non era buono neppure per conservare le proprie cose, che puntualmente smarriva.

Le sue sventure iniziarono nell'anno del Signore 1873 a Londra, capitale del glorioso Impero Britannico. Pezzo per pezzo, il signor Shan si perse nei meandri della vita. Questa è la storia di come finì con lo smontarsi un po' per volta a causa delle disfatte morali.

IL CUORE

Il signor Shan perse il cuore in una fredda mattina di inizio ottobre. Giunse a King Cross con un certo anticipo, fatto curioso per una persona smemorata come lui, per attendere la signorina Marguerite, sua fidanzata. Saltò a piè pari i gradini del sottopassaggio per la fretta, scansando uomini e donne che gli rivolsero espressioni scocciate e scandalizzate. Non si era mai visto un gentiluomo correre in quella maniera sconsiderata, avrebbe potuto rompersi l'osso del collo, diamine!

Con uno sbuffo arrivò fino alla banchina del binario e, con un certo compiacimento, si accorse di essere in anticipo di ben cinque minuti. Un colpo da maestro!

Poco più in là, un altro gentiluomo arrivò a rotta di collo su per la scalinata, ma con la grazia di un gatto si fermò appena prima di rotolare sui binari. Il signor Shan represse un urletto spaventato – e poco virile – al pensiero dell'uomo schiacciato da un treno.

Tuttavia non ebbe più tempo di pensare allo sconosciuto, poiché il treno della sua amata stava finalmente giungendo dal nord dell'Inghilterra e lui era pronto ad accoglierla.

Per sicurezza si mise una mano in tasca per controllare che la scatolina fosse al suo posto. Una piccola scatola di velluto blu notte contenente l'anello che avrebbe regalato a Marguerite, per coronare il loro meraviglioso sogno di una vita insieme. A volte si domandava cosa trovasse in lui quella donna deliziosa, ma a dire il vero non sapeva proprio spiegarselo.

Con un gemito strozzato si rese conto che l'anello non era al suo posto. Subito lo visualizzò a casa, sulla scrivania ingombra di carte, probabilmente sotterrato da una pila di fogli che trattavano di letteratura.

Poco male, avrebbe rimediato al momento giusto. Peccato che non avesse con sé nemmeno un mazzo di fiori, poiché si era scordato di fermarsi lungo il tragitto per paura di tardare.

Il flusso di pensieri negativi venne interrotto dagli sbuffi e dai fischi del treno. Una calca di gente lo circondò, pronta ad accogliere i nuovi viaggiatori o a prenderne il posto.

Il signor Shan si alzò sulle punte dei piedi, agitando la testa come una gallina, nella speranza di poter vedere le piume del cappellino della sua adorata. Le vide, poco più in là, nei pressi dell'uomo che era caracollato su per le scale dopo di lui. Michael alzò un braccio, ma la sua adorata non lo vide e scese rapidamente gli scalini mentre lo sconosciuto le afferrava la valigia e la posava a terra.

Per la miseria, cosa stava accadendo?

Il signor Shan vide Marguerite gettarsi al collo dello sconosciuto, che ricambiò l'abbraccio con un bacio appassionato. Michael si bloccò di colpo a pochi passi da loro, con la bocca aperta per lo sconvolgimento e il freddo pungente che iniziava a penetrargli nelle ossa.

«Che diamine accade qui, Marguerite?» chiese con una voce tremula che voleva assomigliare a un grido indignato.

I due si separarono con uno schiocco delle labbra, prima che la donna potesse girarsi verso il signor Shan e inarcare una delle sue superbe sopracciglia. «Michael? Cosa fai qui?»

«Come sarebbe a dire *cosa fai qui*? Sono venuto a prenderti per accompagnarti a casa e ti ritrovo tra le braccia di uno sconosciuto?» ebbe finalmente il coraggio di espirare Shan.

L'altro uomo strinse le labbra e spalancò gli occhi,

evidentemente turbato. «Signor Shan, posso sapere che storia è questa?»

«Ah, voi mi conoscete, ma io non ho il dispiacere di conoscere voi» ringhiò il letterato.

«Michael» lo interruppe Marguerite, posandogli una mano piccola e delicata su un braccio. «Tesoro. Sei di nuovo in quella fase? Hai preso le tue pillole questa mattina?»

Il signor Shan strinse i pugni, irato per tutta la faccenda. «Marguerite, quali pillole, per l'amor del cielo? Perché hai baciato quest'uomo?»

Marguerite sospirò, sconsolata. Ogni anno a ottobre era sempre la stessa storia. «Michael, tesoro. Questo è mio marito, il signor Zachary Molter, avvocato. Ci siamo sposati l'anno scorso. Ti sei dimenticato che tu e io che non siamo più fidanzati da tre anni?»

Michael Shan chiuse la bocca di colpo, scioccato.

Sì, si era dimenticato. Per l'ennesima volta. Marguerite, la dolce Marguerite non era la sua fidanzata, ma la moglie di un altro.

«Perdonatemi» sussurrò, voltando loro le spalle e allontanandosi in fretta, portandosi una mano al petto e avvertendo il vuoto sotto le dita.

IL FEGATO

La consapevolezza di non avere più l'amore della propria vita da tre anni distrusse emotivamente il signor Shan. Pian piano si lasciò andare alla deriva, vagando per le vie di una fumosa e gelida Londra alla disperata ricerca di sé.

Di tutte le cose di cui poteva dimenticarsi, se stesso era la peggiore. Per tre anni aveva vissuto nella negazione della perdita e poi si era ritrovato lì, addossato a un muro lercio, piangendo tutte le proprie lacrime.

«Una moneta, signore» ansimò un mendicante che gli si era avvicinato. Coperto di stracci, la schiena ricurva piegata in due, carica di dolore, tendeva la mano in avanti come un corvo pronto ad afferrare la carcassa di una bestia morta.

Nella nebbia del suo dolore, Michael si mise una mano in tasca ed estrasse una moneta, che schiacciò nel palmo del vecchio.

Incredibile, si era dimenticato di non essere più fidanzato, ma in qualche modo si era ricordato di portarsi appresso il portafoglio.

Il mendicante lo ringraziò con un cenno del capo e in un profuso borbottio di benedizioni confusionarie. Michael si voltò di nuovo verso la strada senza

nemmeno guardarsi indietro. Ci mancavano le benedizioni.

A passo malfermo raggiunse finalmente una taverna dove, tra gli sguardi curiosi degli altri avventori, si sedette al bancone, ordinando il primo di una lunga serie di whisky.

Ingollò tutto l'alcol che il corpo gli concesse di mandar giù. Bevve per tutto il giorno, mentre perdeva i sensi, le sensazioni e l'enormità dei fatti che gli erano accaduti.

Una volta giunto a casa, malconcio, sbronzo e con la sensazione di essere in procinto di rigettare anche l'anima sul tappeto, il signor Shan si sedette alla propria scrivania e in qualche modo riuscì ad afferrare un foglio e una penna.

Con mano tremante vergò alcune parole, che lui riusciva a veder dritte, ma che in realtà erano terribilmente storte e quasi illeggibili. Sarebbero comunque bastate all'uopo. Purché riuscisse a consegnare il messaggio prima di dimenticarsene.

Una volta terminato il biglietto, caracollò verso la porta e lo lasciò scivolare nella cassetta che stava accanto allo stipite. Lì il signor Shan metteva tutta la posta. Troppo sbadato per ricordarsi di andare all'ufficio postale, la signorina Jefferson sarebbe giunta il mattino successivo e l'avrebbe fatto al suo posto.

A quel punto Michael Shan poté correre in bagno, afferrare il pitale e vomitarci dentro anche ciò che non aveva espulso nelle vite precedenti. Poi crollò nel letto, ancora puzzolente e sudicio.

La signorina Jefferson, la giovane e rubizza donna di servizio che il signor Shan aveva assunto qualche tempo prima, arrivò puntualmente alle nove del mattino. Nonostante fosse tardi per i suoi standard, sapeva che Shan non amava svegliarsi prima di quell'ora, così la donna ne approfittava per svolgere lavori e commissioni per altre famiglie.

Quando arrivò in casa, l'odore nauseabondo della bile e il disordine più evidente del solito le dissero che il giorno prima il padrone aveva fatto le ore piccole. Ripulì i pavimenti, sistemò la scrivania e poi socchiuse la porta della camera dell'uomo. Il signor Shan dormiva ancora, con le imposte ben serrate, e la signorina Jefferson si chiese se dovesse svegliarlo o meno. Tornò alla scrivania e sfogliò l'agenda dell'uomo, ma non vide nessuna nota per quel giorno; tra i suoi compiti donna di servizio istruita c'era anche quello di svegliarlo nel caso si fosse "scordato" di sentire la sveglia. Così lo abbandonò al suo destino.

Una volta che l'appartamento fu ripulito dalla sporcizia, la signorina Jefferson se ne andò, afferrando l'ultima lettera che il signor Shan aveva scritto. Lesse l'indirizzo e vide che non era necessario fare una lunga coda all'ufficio postale per consegnare la missiva: la distilleria di Chris Quirrel era lungo la via per tornare a casa.

Dall'ubriachezza del signor Shan, la donna si chiese se il padrone avesse intenzione di perdere il fegato ordinando una cassa di gin.

IL LIBRO DI POESIE

Anni prima, Michael Shan aveva scritto un libretto di poesie. Niente di eccezionale o particolarmente pregevole, ma l'editore aveva accolto con favore quella breve raccolta di melensi componimenti, con l'obiettivo di commercializzarlo alle romantiche signorine dell'alta società. Furono in effetti un successo, e la fama di scrittore di Shan venne definita proprio in quel momento.

Quello che l'editore e i lettori però non sapevano era che la prima lettera all'inizio di ogni componimento, unite, andavano a formare una bellissima e profonda poesia d'amore. La destinataria di tanto elevato lirismo era Marguerite, la donna meravigliosa che aveva tanto amato in passato. Aveva impiegato mesi per riuscire nell'intento, una miriade di giorni costellata di fogli e foglietti che gli ricordassero cosa doveva scrivere.

Appoggiato al muretto che lo divideva dal precipitare nel Tamigi, Michael sfogliò il libretto con irritazione. Si chiedeva cosa diavolo lo avesse portato a scrivere tali scempiaggini, ma il fascino della poesia segreta rimaneva saldo in lui, facendogli dolere il petto, dove portava un buco al posto del cuore. A dispetto della sua scarsa memoria, la sua emotività funzionava ancora benissimo.

«A che pro vivere d'amore se esso ci fa soffrire come bestie?» esclamò, rivolto al vento.

«Vorrei saperlo anche io» gli rispose un passante, per poi prorompere in una grassa risata.

Michael scosse la testa, affranto. Ma sì, che ridessero pure di lui quegli zotici. Che ignorassero i suoi sentimenti. Ormai aveva deciso di abbandonarli lui stesso.

Sfogliò le pagine per l'ultima volta, nulla lo avrebbe distolto dal suo obbiettivo. Era bravo a dimenticare, avrebbe scordato anche il dolore.

Con un gesto repentino scagliò il libro nel Tamigi, dove atterrò con un tonfo sordo. Le acque lo accolsero come mani bramose e le poesie andarono perse per sempre, anche dai meandri della labile memoria del loro autore.

L'OROLOGIO DA TASCHINO

Il signor Shan abbassò lo sguardo sul piano della scrivania, dove un grosso orologio da taschino era adagiato su un foglio di carta da pacco. Il biglietto che lo accompagnava era firmato da James Shan, suo fratello maggiore, nonché erede della linea famigliare.

Nonostante la smemoratezza, Michael si ricordava abbastanza bene di quel manufatto, di proprietà del padre, Archibald Shan, sebbene i dettagli fossero fumosi. L'uomo lo aveva acquistato da un negoziante in periferia – suo figlio non era del tutto certo che lo avesse ottenuto in maniera propriamente legale – e, nei ricordi dell'adolescenza, Michael rammentava il padre controllare l'ora su quell'orologio.

Alla sua morte era passato a James, come la maggior parte dei possedimenti. E ora, per qualche strana ragione, ne diventava proprietario Michael.

Il biglietto non offriva spiegazioni, solo la preghiera di conservare l'orologio con cura finché James non fosse stato in grado di venire a recuperarlo. Michael storse le labbra. Probabilmente suo fratello non sapeva di aver messo in mano il suo prezioso orologio alla persona meno affidabile dell'intera City. Deciso in ogni caso a fare il suo dovere fino in fondo, Aprì il cassetto più basso della scrivania, riavvolse l'orologio nel pacchetto e lo nascose in mezzo a un sacco di altre cianfrusaglie. Lì sarebbe rimasto al sicuro dalle mani rapaci di chiunque e obliato dalla sua memoria.

«Signor Shan, è sicuro di non avere del cibo nei cassetti della scrivania?»

La signorina Jefferson storse il naso all'odore acre che proveniva dal centro della stanza.

«Nossignora, o almeno... non credo» rispose Michael, scrollando le spalle con indifferenza. Poteva benissimo aver lasciato qualcosa lì dentro, ma non poteva certo ricordarsi tutto. «Controlliamo.»

«Grazie al cielo» sussurrò la donna, avvicinandosi al mobile. I primi cassetti non diedero risultati apprezzabili, fino a che nell'ultimo non trovarono i rimasugli di un paio di mele morsicate e ormai in stadio di decomposizione. «Ecco il colpevole.»

Il signor Shan sorrise appena, per niente sconvolto. Non era la prima volta e non sarebbe stata l'ultima.

La signorina Jefferson rimosse il pasticcio maleodorante e tirò fuori anche un involto di carta macchiato dai succhi della frutta. «Guardate, signore. La carta è rovinata, volete controllare che non si sia rovinato quello che c'era dentro?»

Michael prese l'involto umido, lo aprì e trovò al suo interno l'orologio che qualche mese prima suo fratello gli aveva spedito con tanta segretezza.

«Bell'orologio» disse la signorina Jefferson prima di scomparire nel cucinotto.

Ovviamente, Michael Shan non si ricordava minimamente perché quell'orologio fosse lì e non al sicuro in casa di James. Fece per prendere il biglietto che lo accompagnava, ma era incollato al resto della carta e troppo rovinato dai succhi delle mele per poter essere letto, così strofinò l'orologio sulla giacca di tweed e se lo mise nella tasca interna.

Una mattina di maggio, Michael decise di prendere una boccata d'aria, lontano dal suo lavoro fatto solo di scartoffie. La ricerca filosofica era importante, soprattutto se innaffiata da una buona dose di gin, ma non si ricordava davvero più quando era stata l'ultima volta che era uscito di casa. Pochi istanti più tardi si ritrovò in strada, controllando l'ora sull'orologio da taschino che aveva trovato nel cassetto.

Con quell'atteggiamento e abbigliato con un completo di tweed dai colori eccentrici, il signor Shan assomigliava molto a quel Bianconiglio tanto caro all'Alice di quella famosa fiaba.

Si risistemò l'orologio nel panciotto e a passo svelto si avviò verso il suo club di intellettuali, che era solito frequentare ogni giovedì pomeriggio solo grazie al solerte appunto della signorina Jefferson. Una volta giunto a destinazione, con un bicchierino di sherry in una mano e un corposo sigaro nell'altra, il signor Shan sprofondò in una delle comode poltrone, dimenticandosi di sé stesso e del tempo. Si immerse completamente nell'animato dibattito con i suoi colleghi scrittori, discutendo di letteratura e tecnica narrativa, ovvero una delle poche cose che gli interessavano davvero e del quale non si dimenticava mai.

Fu solo a tarda sera che si rammentò di come si fosse fatto tardi e, dopo una cena leggera consumata in loco, Michael salutò gli uomini di alta cultura che tanto stimava e si accommiatò.

Lungo la strada deserta, rischiarata solo dai lampioni a gas, non si vedeva alcuna carrozza. Deciso a non farsi intimorire, Michael si incamminò a piedi verso casa, poiché sulla principale avrebbe sicuramente incontrato un mezzo pubblico. Ma più camminava, meno la luce delle lampade illuminava i suoi passi. Quando finalmente vide nella nebbia stagliarsi la famigliare figura di una carrozza, il gentiluomo assecondò l'irrazionale desiderio di velocizzare il passo, nonostante intorno a lui non ci fosse nessuno.

Successe in pochi attimi: si ritrovò con un coltello puntato alle costole e il fetore stantio proveniente da una bocca sdentata all'orecchio. «Ti conviene darmi i soldi, bellimbusto, se non vuoi che ti apra dalle palle fino agli occhi!»

Il signor Shan rimase raggelato a quelle parole. Una rapina! A lui!

Balbettando parole confuse sul fatto di non avere contanti con sé, mise la mano nel panciotto e ne trasse l'orologio, che mise in mano all'aggressore. Il ladro lo afferrò con le dita tozze e fuggì nella nebbia, lasciando Shan scosso e terrorizzato nel silenzio della notte.

Tornare a casa fu più complesso del solito, poiché quando giunse la carrozza pubblica la memoria gli si ingarbugliò a causa dello spavento precedente e non seppe dire in che via abitasse. Fu con molto sforzo che le mani trovarono il polsino sinistro della giacca e al suo interno l'etichetta cucita dalla signorina Jefferson che recava, ricamato, l'indirizzo della sua residenza. Un mirabolante e contorto effetto della sua memoria eidetica che gli permise di ritornare sano e salvo e senza ulteriori incidenti.

Più tardi, a letto, mentre il ricordo della perdita dell'orologio svaniva dalla sua mente come neve al sole, il signor Shan si avvolse tra le coperte, lasciando appena un minuscolo spazio per poter respirare. Solo a quel punto poté dormire.

LA TESTA, LE BRACCIA E IL DITO

Tre mesi più tardi, la lettera di James lo colse impreparato.

La signorina Jefferson gliela sbatté sotto il naso senza dire una parola, arrabbiata per qualche ragione a lui sconosciuta. Michael afferrò la busta e l'aprì con un tagliacarte, indeciso se assecondare quel senso di disagio che avvertiva allo stomaco. Una rapida occhiata alle parole vergate con inchiostro color seppia e la sensazione si acuì con forza.

Suo fratello lo informava che sarebbe arrivato il giorno successivo per ritirare l'orologio che gli aveva spedito tempo prima e lo ringraziava per averlo custodito tutto quel tempo senza fare domande.

Michael sollevò la testa, guardandosi in giro. La governante era nel cucinotto a preparargli il tè – o il caffè, non se lo ricordava mai – e non era sicuro se fosse opportuno farle domande o meno.

Quale orologio?

«Cosa vorrebbe dire *quale orologio?*»

La voce stridula di James Shan risuonò all'interno dell'appartamento di Michael, rendendolo più nervoso di quanto già non fosse. Cosa diamine voleva quel barbagianni incartapecorito, non era certo colpa sua se non aveva idea di cosa diamine stesse parlando.

«Michael!»

Di nuovo la voce del congiunto lo fece sobbalzare. «Sul serio Jamie, non ho idea di cosa tu stia parlando.»

«Sapevo che era un errore, dannazione! Tu e la tua maledetta memoria!» gridò quello, la faccia contorta da una furia senza senso. «Sono morto per colpa tua. Morto! Lo capisci? *M.O.R.T.O.*»

Michael si domandò perché la signorina Jefferson non fosse lì ad aiutarlo in un simile frangente, ma il polsino sinistro della camicia gli venne come sempre in aiuto con un bigliettino nascosto, rammentandogli che la donna era dai suoi parenti a Kempsey per tre giorni. Avrebbe trovato il pranzo in cucina, per oggi. «Calmati, fratello. Cosa c'è di così importante in quella cipolla? E perché dici di avermela spedita se conosci il mio problema?»

Era inutile sottolineare che il ricordo dell'aggressione e del conseguente furto di tre mesi prima si fosse completamente volatilizzato dalla mente del signor Shan, insieme a un'infinita quantità di informazioni, comprese le bollette che per fortuna erano state pagate dalla governante prima della sua partenza.

«Perché pensavo che l'avresti messo in un cassetto e custodito, imbecille! Ti ho lasciato un dettagliato biglietto di istruzioni proprio per questa ragione» ringhiò James, afferrando Michael per il colletto della camicia. Quest'ultimo sussultò spaventato, fece un passo indietro e andò a sbattere contro il muro. «Quel fottuto orologio era la chiave per la mia libertà e tu mi hai appena condannato a morte. Ma se credi che non te la farò pagare...»

«Co-cosa intendi?» balbettò Michael, terrorizzato dal fratello maggiore, il quale appariva del tutto fuori di sé. Gli occhi quasi sporgevano dalle orbite, nella sua faccia precocemente invecchiata. Le pupille erano dilatate, e sbuffava dal naso come un toro che vedesse rosso. Puzzava di rancido e di alcolici.

James Shan non era esattamente un uomo per bene. «Ho promesso quell'affare a della gente molto pericolosa, ma dovevo liberarmene per un certo periodo affinché altri non ci mettessero le mani sopra. Ma tu lo hai perso!» L'ennesimo grido rimbombò nella stanza. «Ah, ma ti farò a pezzi come loro faranno a pezzi me.»

Con gran terrore, Michael si rese conto che il consanguineo aveva tirato fuori dalla lunga giacca bisunta un grosso coltellaccio. «James, parliamone...»

«No» ringhiò l'altro, il ritratto della follia e della ferocia. «Tra poco perderai l'ultima cosa importante della tua stupida vita.»

IL FUNERALE

Emily Jefferson tornò al lavoro dopo i tre giorni di permesso che aveva richiesto a Shan. Era andata a trovare i suoi parenti a Kempsey, un minuscolo paesino vicino a Worcester. Zia Anne, una vecchia sorda come una campana, e suo marito Scott l'avevano trattata con ogni riguardo durante quella piccola vacanza improvvisata, che le aveva richiesto più ore di treno che di riposo effettivo.

Dopo un paio d'ore trascorse nel suo minuscolo appartamento, che condivideva con una donna che come lei faceva la governante, si avviò di buon passo verso l'abitazione di Michael Shan. Si chiese come l'uomo avesse trascorso quei tre giorni e se avrebbe dovuto farlo ricoverare per inedia all'ospedale come era successo un anno prima quando si era semplicemente *dimenticato* di dover mangiare.

Con uno sbuffo irritato bussò due colpi secchi per avvertire della propria presenza, ma nessun suono venne da oltre la porta. La signorina Jefferson inarcò un sopracciglio, avvertendo già la sensazione che la giornata sarebbe stata molto nera. Trasse dalle pieghe del mantello la chiave dell'abitazione e la infilò nella toppa. Un attimo più tardi entrò nel salotto e un rumoroso *sploch* la immobilizzò sul posto.

Un lentissimo movimento del capo per guardare la propria calzatura nel bel mezzo di una pozza di sangue densa e scura. Tre secondi per riallineare lo sguardo con il pavimento: un braccio, probabilmente di proprietà del signor Shan, strappato all'altezza della spalla. Sul tappeto, accanto il camino stava la sua controparte. Il corpo di Michael Shan invece spuntava dal cucinotto dove era solita preparargli la colazione. Mezzo secondo per girare verso la porta aperta della camera da letto e vedere la testa dell'uomo sbucare da sotto il letto, i penetranti occhi azzurri spalancati, ormai spenti e velati dalla morte. Iniziò a urlare istericamente.

Per gli impiegati dell'impresa di pompe funebri Teldzer & Co. quello non era di certo il funerale più strambo a cui avessero preso parte. Dopotutto la gente finiva assassinata ogni giorno, ma c'era qualcosa in quella casa che faceva venire voglia di scappare in fretta. E di scordarsi il perché.

L'ispettore John Melvin porse il proprio fazzoletto alla signorina Jefferson che piangeva al suo fianco. La povera donna aveva voluto essere presente mentre le pompe funebri ricomponevano il corpo di Michael Shan nella bara.

«Non si trova un dito» borbottò qualcuno a bassa voce, ma nessuno gli diede peso. Cos'era in fondo un dito se tutto il resto c'era?

La bara venne chiusa, dopo aver dato all'uomo una parvenza di umanità. L'ispettore Melvin avrebbe voluto arrestare James Shan con l'accusa di aver brutalmente assassinato il fratello, ma il suo cadavere era stato ritrovato in fondo al Tamigi, strangolato, e non aveva più importanza chi avesse fatto cosa.

Gli impresari trasportarono la bara fuori, mentre una stoica signorina Jefferson continuava a inondare di lacrime il fazzoletto, tenendo a bada l'isteria.

Tutti uscirono dalla stanza, ignorando il mozzicone del dito indice di Michael Shan semicoperto dalla fuliggine del camino, dimenticato. Così come sarebbe presto stato il suo proprietario.

I WILL PUNISH FOR AMMO

Santa creepin' 'round and down my
*   chimney at night*
I can't explain it but it doesn't feel right
He knows if you been good
He knows if you been bad
It's kinda freaky
Does he have hidden cameras in my
*   house like that?*

Josh pronunciò la regina delle frasi fatte, "Io odio il Natale!", al suo fucile di precisione Barret M99 che si era regalato, per l'appunto, il giorno di Natale. Ripeté la frase un paio di volte, giusto per sicurezza. *L'importante è essere convinti,* diceva sempre sua nonna.

Lui era sempre stato convinto. A partire dal college fino all'ingresso nell'FBI. Era convintissimo di volare sulla scala gerarchica di Quantico e così era stato. Forza e determinazione, le parole chiave del suo vocabolario.

Canticchiò ancora la canzoncina. Nonostante odiasse il Natale, c'era qualcosa di vero in quelle parole. Guardò nel mirino, dove a milletrecento metri persone piccole come formiche si muovevano all'interno di un lussuoso palazzo nel centro di DC. *"He knows if you been good, he knows if you been bad!"*

Con un cappello da Babbo Natale in testa e un Barret M99 fra le mani, steso nella polvere di un condominio fatiscente, Josh Cell sorrise. Il bersaglio, Anthony Motti, venne inquadrato nel mirino nel giro di pochi istanti. Lo vide aprire un enorme pacco bianco che gli aveva fatto recapitare e lo vide urlare in preda al terrore una volta tolto il coperchio. Josh ci aveva messo un po' a infilarci dentro le due figlie di Motti.

Premette il grilletto senza alcun ripensamento, mentre la memoria gli riportava davanti le immagini di sua moglie Sarah fatta a pezzi, messa in uno scatolone e buttata di fronte a casa loro il giorno di Natale dell'anno prima. Un regalo molto sentito da parte del suo indagato.

Dopo lo sparo veniva sempre il silenzio. *Hush comes after echo*. Il bersaglio cadde a terra e Josh avvertì un senso di liberazione nel petto. Forse quello non avrebbe riportato in vita Sarah, ma in fondo chi era lui per dubitare della magia del Natale?

L'AUTRICE

Daniela Barisone, classe 1986, Milano. Donna (lei/le) e queer.

Mi sono diplomata in **Fumetto e Colorazione digitale** presso la Scuola Internazionale di Comics di Torino.

Ho lavorato come redattore editoriale, editor e copertinista presso **Lite Editions** (Milano), **La Mela Avvelenata** (Milano), **Delos Book** (Milano) (con quest'ultima solo copertinista). Sono stata addetta alla gestione dei traduttori dall'inglese all'italiano ed editor presso **Dreamspinner Press** (USA).

Ho lavorato come colorista presso **Cimaza** (Belgio), **Manfont** (Italia), **Awe Edizioni** (Italia), **Stirpe di Pesce** (Italia), **OBSO/LETE** (Belgio) e **Torch - Reclaim the skies** (USA).

Ho lavorato come fumettista presso la rivista online **Oh Joy Sex Toy!**

Attualmente lavoro come traduttrice per **Quixote Edizioni** e come colorista digitale presso realtà indipendenti e **Arancia Studio**.

Nel 2019 fondo il **Lux Lab** con Juls SK Vernet, Enys LZ, Fera Pennacchioni, Chiara D'Agosto ed Ester Manzini.

https://lnk.bio/queenseptienna

facebook.com/daniela.barisone
x.com/queenseptienna
instagram.com/queenseptienna
patreon.com/queenseptienna
bookbub.com/profile/daniela-barisone

NEWSLETTER

Per avere costanti aggiornamenti sulle uscite di **Lux Lab**, ti consigliamo di iscrivervi alla nostra **newsletter**:
https://tinyurl.com/LuxLabNewsletter

Iscrivendoti riceverai gli avvisi relativi agli inizi dei preorder dei nostri libri in anteprima, un reminder il giorno dell'uscita, partecipazione ai nostri giveaway e anche delle letture gratuite!

Adrenalina

Distorsioni

Fiori

Resilienza

Itaca

Vortice

DANIELA BARISONE E JULS SK VERNET

Pride and Knots

La scommessa

Gabbia

Ombra

SERIE: Soglie Instabili

[1] L'Agenzia – Milano

[2] L'Agenzia – Venezia

[3] L'Agenzia – Archivio

SERIE: FREAKS

[1] Through thick and thin

SERIE: JBI

[1] Just Beat it

[2] Between a rock and a hard place

[3] The broken man

[4] Freak show

[5] Love Boat

[6] Kintsugi

[6,5] Viva Vegas

[7] Stronger

[8] Deal with it

[9] Lights on

[10] Torn

[11] Cursed

[11,5] Closer

ALTRO

Self-publishing per negati

Lux to the world (raccolta di racconti)

Fiabe nere (raccolta di racconti)

The Ghost Writer

LUX LAB

Lux Lab è un collettivo letterario composto da cinque elementi che hanno in comune l'amore per le storie belle e ben scritte.

Lux Lab è un'idea nata dalla collaborazione, dall'incoraggiamento reciproco, dalle risate e dalla condivisione.

Lux Lab è un progetto che va oltre il self publishing: il collettivo si scambia idee e opinioni, prende decisioni, interviene attivamente su testo, copertine, traduzioni e tutto ciò che riguarda la vita dei romanzi, dal momento in cui vengono concepiti a quello in cui sono messi tra le vostre mani.

Lux Lab ha un obiettivo: conquistare il mondo del romance MM a colpi di romanzi di qualità, curati nei minimi dettagli.

Lux Lab è un'unione che fa la forza, e ve lo dimostreremo. Seguiteci.

Il nostro sito:

https://luxlab.weebly.com/

NEWSLETTER: https://tinyurl.com/LuxLabNewsletter

I nostri social:

Facebook: https://www.facebook.com/LuxLabBooks/

Twitter: https://twitter.com/LuxLabBooks

Instagram: https://www.instagram.com/luxlabbooks

I nostri libri: https://linktr.ee/LuxLabBooks